Jean-François JABAUDON

Les Gaeljabs

Qui m'aime m'y lit

Qu'est ce qu'une galéjade ?

Plaisanterie, moquerie, badinage

Un vent de fraicheur de Frédéric Mistral

A mes enfants, juste pour rire, Gaël et Emilie

Aujourd'hui, les échanges verbaux, à l'image des réseaux sociaux, s'accélèrent.
Quelques mots, une image, jetées dans les profondeurs de l'oubli.

Ce système de non communication conduira t-il l'homme au silence absolu ?
Particulièrement touchées par internet, la photo où ce que l'on peut appeler son ersatz.
On la prend, on la diffuse.
Elle est devenue le moyen facile d'assouvir son égo, « monself is narcisse »

Elle meure le plus souvent sous le sourcil du destinataire, est partagée ou au mieux va alimenter son dossier pour être supprimée quelques temps plus tard.
Pour fabriquer de la mémoire, rien de tel que d'en supprimer.

Les mots subissent le même sort. Ils sont écrits, travaillés dans un langage binaire à l'aide des pouces des communicants.
Oubliés dès qu'ils sont lus.

Que dire des brèves de comptoirs ?

Déjà sujets de par leurs natures à dispersion et vouées à l'oubli, elles arrachent un sourire complice à l'auditeur qui ne les comprend d'ailleurs pas toutes.
Qu'importe.

Quelques unes, rares, feront le tour du bistrot, si celui-ci existe encore
Généralement les plus grivoises.

Dans ce contexte, les Gaeljabs proposent un exercice innovant et original pour instaurer un lien privilégié entre l'auteur et le lecteur.

Ce dernier aura à cœur de déchiffrer les brèves, d'en découvrir les subtilités dans un exercice intellectuel distrayant.

Fini les brèves qui se lisent en cinq secondes, dont l'ouvrage se lit dans la journée et que l'on oublie le lendemain.

Les Gaeljabs deviennent votre. Le lecteur devient l'auteur et l'acteur.
Des bouquets de mots lui sont offerts pour un jeu de construction intellectuel inédit.

Amusez vous bien !

        jardinier   contraire

    Tout

écolo

D'un   est

Bio man le

        Un

Léonard   inventé

          inventé
le   en
                    a
l'automobile
              a
Vinci
                péage

stationnez votre

parking

si vous

interdit handicapés

handicap

aux

rendez

La   matière   pédophilie

                 celle

de du   missionnaire

pape   du   en

              position   de

      est

proche

L'emmerde

                        Et

C'est

            le

planète   bien

                  je

la   problème

           avec   verre

                  vin

Medocs !

                     jamais   de

les   un

social   peut   avoir

        sans

grâce   un   espérer

le   domicile   l'ascenseur

abri   jour   de

                à   statut   sans

fixe   un

réforme   ça

On   servir   on

un   dorée la

des   va

va   juste   retraites

être   la   point

Nous   voulait

saignant   vous   à

la   peu

clous   pas   ne

jours   bon

il   traverser

de   dehors

fait   en   pointe

des   les

jatte   bras   un

quand   mieux

cul   on

fier   vaut

être   à   est

de

cul					fait

être				poil					pris

					à

toujours						trou

rebrousse				mal	du

au

masturbationras

comme

lesbas

unebranleà

pâquerettes

un

est

essentiellement voile

pirates à pratiqué

par vol les

le est

libéral   rien   penseur

un   libre   n'a

         infirmier un

   à

voir   avec

milliers   un

il
                                        followers

vrai   vaut

lover

mieux   avoir

de   que

des

fresque   n'est

pas   ecclésiastique

teint   une

l'ermitage   un

avait   croc

               de   facilité

rapide

               pour   mastication

la   magnon

incontestable   une

               l'homme

bus   bus

n'a   aucun

protégé

un   jamais

abri

botte un fou

plus qu'une

paille est difficile

à de lier

seings   bec

blanc   aime

blancs   téter

un   les

batifoler   gueules

    jeter

que   mieux

loup

s'y   dedans

vaut   dans

les   de

casse   casse   la   c'est

noisette   entre

 le   différence

un   couille
                                              et

un   le

gland

dur   tronc

homme   être   de

feuille   la   un

peut

néanmoins

déculottée　　　　ailleurs

　　　　　　　toujours

bonne　　　　faire

　　　　　est　pipe

Saint Claude　　　　　se

A　　　　　comme

　　　　une　　　tailler

doit　　　elle　　　quand

poitrine   exactement

                pas   le
                            cochon

chez   morceau   meilleur

le   l'angine

            de   n'est

dénote　　　　　　　jouer

soi de confiance

un　　　certain

échecs　　　　　aux

manque　en

odeur   parfum

                              un

homme   au

d'évidence   sainteté

mis   est   en

de

braguette	manier		un
	dans		archet
à	pisser		requiert
son	violon	de	la

curieux   d'embouteillage

pourrait   en

cas   nécessaire   tire-bouchon

il   constater

est   de

qu'un   être

L'histoire					délivrer

A		Terre Sainte	le

Eu	chassé							pour

Lieu		important			plus

croisé		de				en

Jérusalem				le

Mammy on un
  placard

vieux   qu'une

horticulture   considérer   au

en   est   peut   fond

légume   d'un oublié

A   rien   a

               à   manque

quand   gagner

           perdre   on

un   c'est

public	jouent	fermé
sont	les	campagnes
guichet	qui	dans
parties	de	toutes
service se	à	les

France   le

           en   est   famille

           Stoppub   plus

est   nom   devenu

de   répandu

terme   le   la

    vendéen   maréchaussée

    pour   le

est   Gois   désigner

oui   non

dit   dire

un   transformer

          ne

peut   se   en

utile	souvenir		
	un	bête	
animal	pour	pense	
est	se	de	
	soigner	blessé	un

à   l'huile

                jouir

un   vaseline

        de   requiert

pêne   de

tabac		besoin	à

	une		pas
bonne		n'a	passée

blague

d'être

Bretagne   tous

 Iode   à

       sont   les
de   phares

porc et des

Jeanny français Kopa

vedettes Longo sont

du Raymond un

une

hold   levées

               à   vote

un   up   c'est

            mains un

Courante   microsillons

              L'hernie   les   est

Sur   discale

avec   chrétien

                    l'eau

soulager   un   de

étouffe   se   peut

bénite

dada　　　　　pour　　　　　　son

　　　resté　　　　　pets

sur　　　　　　avoir　　　　　bidet

amin　　　　　célèbre　　　　fait

　　　　est　　　　　　des

le   le   utile

                    bouche
pratique   des

          métiers   plus

de   dentiste

reine	festin	à
contraire	une	bouchée
la	c'est	d'un
roi	de	le

un   qui   généralement

rien   m'as   vu

est   tu   quelqu'un   entend

n'y

vache   qui   cheval

                    aller   à   une

vieux   retour

                         de   revenir

voyage   sur   s'expose

un   sur

détenus   a   la

inventée   tarte

cuisiner   été

          taule   à

pour   les

pur   un   cheval

             était   Dracula

             sang   le

de

printemps   les

                  du   martiens

      verts   petits

sont   bonhommes

les

quand   dedans   peut

on   plats   les

                    mettre   pieds

      c'est   a

qu'on   les

montagne   jaune   c'est

sur   blanc   le

d'œuf   neige

la   en   d'un

contraire   le   plat

un   sur

feu
                qu'un   d'exécution

le   pot au feu

n'est   poteau   autre

nids   plus

         Pigalle   le

qu'on   à   de   trouve

     poules   c'est   de

perpette	ultime

un	lieu

prendre	sentence

la	dans	non

chemin

plus   créneau

il   facile

faire   de   est

plus   un

sur   ronde   de

pipi

jamais	oubliette	qu'un

une	n'est	petit

sert

vent   il   musique

du   de

coupe   string

j'aime   quand   la

recette   au

tape   d'entrecôte   noir

un   à   l'œil

une   est   beurre

moustiquaires

les   sont   étroites

     femmes   trois

des les   mousquetaires

contre

                    vaccine   bombe

une   mononucléose

atomique   la

est

                              climatique

pour   pôle   le

en   l'Artique

position   dérèglement

erre   sous   que

l'adulte   couvertures

c'est   les

peut l’antimoine

à un

allergique

être antéchrist

le

    chrétien

       à   préférable   il

est   supplice   la

de   celui   l'étouffe

crucifixion   de

chant   toujours

pompiers   des

se   piéger   sirènes

le   par

les   font

hors

                      prendre   sortir

c'est   la   de

gonds   ses   porte

taille   jour   un   sale

                si   une   toi

mine   un   tu

achète   crayon   as

haricot　　　　généralement　　　　　　à

quelqu'un　　　　fin　　　　c'est

courir　　　　quand　　　　te la

commence　　　　　le

sur　　　　jusqu'à

pois

        l'assiégeant

coulis   de

au   purée   le

est   mâchis

        régime
de

pas

                auto

d'applicateur   ne

      tamponneuse

nécessite   une

à

une   œuf
un   minute

indispensable   pour

la   est   cocotte

coque   cuire

femme

        ne   même

paire   une   enceinte

il   frapper   de

baffles   jamais

faut   avec   une

à

        c'est   tête

commence   plein

a   vraiment   quand

dos   on   la

dessus   en   par

qu'on   en

avoir   le

avec

                gondoles   de

ondulée   la   fabriquent

les   se tôle

Facteur		aller
toujours	un	trier
cheval	le	avait
pied		

mélée

troisième   normal   au

demi   comme   en

            mi temps   l'ouverture

                à   du   le

     rugby   pendant   il

pilier   que   la   est participe

perdre　　du　　　　　　le

　　　　　　　therme　　　　　　comble

de　　　　　femme　　　　la

　　　　　　jour　　　　　　　　eaux

enceinte　　　　　　le　　　　　est

de　　　　les

70　　　　　　la

à　　　　　　　　Paris

　　　　sur　　　　　l'heure

est　　　　　　champignon
　　　périphérique

du　　　　　　vitesse　　　　　　　de

limitée　　　　à　　　　le

plus   prison   de

              l'écoper   de   que

est   rapide   il   peine

purger   plutôt

sa   de

est

nique   un

en   pervers

six   fait   énorme

un

midi

        à

pour   faut   sa

cadran   il   voir

porte   solaire

un

excellent

         avoir   un
un

   fond   suppose   cœur

avoir   d'artichaut

fusil   pas

                être   implique

changer   de d'épaules

son   ne

manchot

rester

                        d'aspirine   se

pilule   un   la   de

blanc   dorer
        empêche

comme   cachet

rayonner

être   vous

                            éclipse
soleil mal   c'est

une   de   luné

avoir   qui   de

empêche

pète			terre

			cul
fesse

quand		câble		un

			retrouve	on	sur
on			tire fesse			se

le			par

L'âge

                  prendre   d'or de

vieux   au   prendre

hors   un   c'est

coup   passer   d'âge

voiles

    des   que en
    soulevant

les   attentats   la

djihadistes   provoquent

    leurs   femmes

    c'est   pudeur   à

les   qui

enterre   westerns

    l'héroïne   de   le

dans   c'est   guerre

    hash

doit   d'un

sourd   en   lèvres

          braillant   sur   un

lire   les   aveugle

L'appel		l'abstinence
	des	démocratie
en		refuser
	c'est	burnes

fusil   toujours   tulipe

               au   partait

Fanfan   guerre   la

fleur   la   en

gain

            sans   un

galion   des   est

pirates   vide   par

     pris   vaisseau   sans

quand   cordes

          noie   il

          c'est   tombe   le

pendu   des   se

que

haro

pape criait le

c'est mule Daudet

sur la du qui

pioche   condition

pas   il   râteau

       possible   à   pioche   de

rouler   de   se

ne   pelle   prendre

       un   est   de une

une   tête

mauvais il

on d'avoir

a gomme

est une

quand caractère

nécessaire

les   pâles

l'été   bon   visages

indien   c'est

pour

propulse   façon   un

bateau   autocuiseur

de   se   même

     vapeur   à

la   qu'un

crottes on

    dont une défection

peut ne les

    affirmer chien

ramasse présente on

    canine qu'un pas

philophobe   phobiphile

aime   n'aiment   ceux

est   est   tandis   autres

homme   homme   un   qui
qui   les   hommes

qui   personne   un
qu'un   un   déteste
            aiment   les   qui

Lourdes   un
              prend

généralement   grotte   bain

se   dans   Marie

la   de

saoul

avare　　　　trop　　　　　la

　　　　un　　　　　qui

　　　　　boit　　　　attrape

grippe

Richelieu	attrape	bouchée
après	sifflant	dos
reine	la	n'en

bourre	qu'il	et	le
fait	Cardinal		qu'une
Rossini	en		le
tourne			

grimace

qu'ondentier

faitc'est

généralementmangeant

àsa

tomberensoupe

lasondedans

culotte   le

premier   pissera   dernier

qui   bien   dans

sa   rira   le

éléphants

   mal   chien

dans   deux   magasin

cela   regardent   de

          un   faience

finit   quand   se

     en   de

porcelaine   toujours

lapin
                       implique   l'autre

de   farce   à   le

          poser   dindon   un

d'être   la

nécessaire que nain

pas d'avoir un

il passe boulevard

n'est devant pour
lui le

longévité   l'éternité

            c'est   mal   a

qui   tourné   la

que une à

    drôle blague que

policier ce mégotter

quand histoire serait

    d'affirmer une ce un

jamais n'est passe

tabac

vis

        en   aux   une

prison   serre   éviter levée

on   la   détenus

pour   d'écrou

courante

plus   marchepied

        une   est

main   rapide

qu'un

chistéra il les

si ne
avoir

lâche joueur avoir

finira un de

nerfs on pas

basques les à

par en pelote

langues

        pieds   joignant

se   poings   c'est

    et   liés   le

en   que   délient

geste   la   à

parole   les

court

        est   une

un   bouillon   rapide

lessive

bu

      à   ouvert   on

beaucoup   c'est   rouler

     tombeau   quand

       a   bières
de

courte   la

              grève   ils   pompiers

quand   en   font

échelle   sont   les

essayé

        doigt   avez   du

stop   un   vous   de

    déjà   faire

avec   d'honneur

réduction

　　　　　　le　　　　　　　　　　une

pratiquée　　　　　les
　　　　n'humérus

est　　　　　　　fracture　　　　par

closus　　　　médecins

de

obligatoirement

   au   à   les

omnivore   tout   les

déchets   gouts   mènent

d'un

dans   devient

      égocentrique   une

l'on   centrifugeuse   c'est

que

entre   porte

clé   sommeil   du

      que   entrebâillements

deux   c'est   la
      songes

des   ouvre   la

automatique

le   a

Bref   inventé

    Pépin   parapluie

le

du
			France

a

rue					de					vélo

		jaune			sur

dérailleur			maillot			au

tour				le			du

pignon

était

Vichy									Pétain

		du						l'ode

Maréchal

L'hymne

à   pirate

plan   naufrage

Astérix   le   systématiquement

dans   vigie

conduit   un

poulpeuses　　　　camping

　　　　dans　　　　　se

à　　　　　　plus　　　cul

les　　　les　　　　　effusions

　　　font　　　　une　　　　　au

tente

son   Jésus   de

fabriquait la

farine   pain

avec d'apôtre

missel   calice   son

         c'est   c'est

messe   curé   du

Calvin   et   la

à   le   calepin

dangereux

              travers   un

     il   porc

de   est

d'avaler

cantine est la

préférable à pressé

1 de
quand

on la Sénat il

du est formule

prendre

convient

    cinéma   de

    à   pellicule

attention   au   il

faire   la   projection

de

cul

        des   de

à   Louvre   le

        contempler   par

au   force   nouilles

nus   finit   de

couilles   de   ressortir

    bordés   on   bordé

pavé   jeter

       c'est   l'amarre

jeter   dans

un   l'ancre

rage   vaincre

la   Pasteur

avait   de

absurde	vitraux	l'hypothèse
soi	Jésus	
n'est	selon	serait
in	laquelle	né
pas	en	

tourne

        moi   de   clignotants

celui   vire   qui

devant   l'andouille   c'est

sans

le   aucun   pour

        dalle   cas   de

remonte   dalle   qui

celui   a   peut   pente

pente   sandwich   la

en   ne   servir

anesthésiée   qualifiée

                une
zone   être
         étherogène

zone   érogène

peut   de

charnelles   anticorps

                étreintes   des

les   préviennent

stups	fait	brigade
est	des	
	agent	un
	en	un
	la	
	serre	
		de
	joint	

coulants

quand des

sont nœuds

il cordes pleut

les

commandant   suprême

         voir   de   un

rien   volaille   avec

n'a   à
      gendarmerie

un   de

Paul   le

Annie c'est   accroc

mari

de   croche

retour   retours   il

déconseillé   de
     couches

flammes   un   ses

est   d'avoir
     pendant

de

pas   pas   n'y   de

couleuvres   quand

besoin   des   d'avaler

il   a   lézard

cirage	en	trouvé	dans
que	amour	on	dès
à pied		est	le
l'on	chaussure	son	a

fanfare   mare

            la   aux

village   municipale

            est   canards   de

la   mon

planète		péter		haut

	son		mauvais		que

plus		cul			est

la		pour

haut   l'article

garder   c'est   le

à   de   verbe

quand   mort   convient

la   on   qu'il

est   de

congé				se				vent

			généralement		émettant

bon			souhaite				prend

en				flatulence			lorsqu'on

une

plus que ne

carottes ou façon

râpées les de

toute soient rien

cuites va

| levé | un | généralement |

| | football | au | au |

| pied | tacle | | s'effectue |

nécessite   menton   d'un

         mettre   l'emploi

galoche   se   le

en   chausse-pied

à		toilettes		le		
	s'asseoir		coté			aux
pas		myope		ne		
	a		pour			lunette
besoin	la		d'agrandir			

langue	c'est	vert	en
triques		de	quelque
	la	de	l'école
faire		sorte	se
	au	mettre	éviter
les		bois	buissonnière
pour		coups	de

dans   de   polichinelle

      difficile   le   secret

garder   tiroir   parfois

est   le

imbu   on   quand

de   qu'on   soif

       a   rire   c'est

est   sa   personne

de

fermé

à rentrer

cercle　　　jamais　　　Pi

très

3.14　　　　n'est　　　dans

papes　　　　　parvenu　　　le

des　　　　grands

bas

        de   dragée

impossible   profil   haute

tenir   quand   la   fait

on

n'est

      logis   ma

une   femme   idée

pas   au

lieu

      il   bien   dix

à   lieues

faut   un   pour

marcher   parvenir   dit

vivant		fait		
	mort		ne	quand
méprenons		est		verre
mais	bière		bière	on
boit	on		on	nous
pas	un	une	dans	un
à	se	bouffer	ver	
par	à	fois		

pas

Rachidien   le

n'est   canal   Tunisien

grand
   grand à

corps corps force moran

malade de

est

                       malabar   se

faire   douloureux

décalquer   un   par

il   de

transition
                    finit   la

la   force   ralentir

à   de   écologique

                on   par

transition   accélérer
        nécrologique

tout

                        au

je   climatique

cuisine   réchauffement

plus   est

                    abat-jours   la

efficace   la   des

lune

onde

        un   fait

onde   est   choc

tsunami   en   une

femme
     est   chef

sont que   trains

  il   le   cocu

de   depuis gare

tous sur   sa les

passés

quand
     d'aller plus

on   retenir   quand

lieux doit quatre

  se pendant de

kilomètres a aux

envie

règlement
            ne

rendre   une   pas

monnaie   la   entorse

est   au

quelqu'un

on   retenue   sans

c'est   calcule

quand

des

      l'arrose   c'est

l'oasis   sables

A VENIR :

tome 2

© 2020, Jean-François Jabaudon

Edition : Books on Demand,
12/14 rond-Point des Champs-Elysées, 75008 Paris
Impression : BoD - Books on Demand, Norderstedt, Allemagne
ISBN : 9782322209620
Dépôt légal : mars 2020